KB192969

그리움 스치는 풍경

석병오 시인

도서출판 지식나무

시인의 말

시를 통해 삶을 바라보기 시작한 지 어느덧 2년의 시간이 흘렀습니다. 2023년 4월 등단 이후, 일상의 순간들을 시로 담아내며 한 걸음씩 걸어왔습니다.

이 시집에는 잔잔히 흐르는 자연의 아름다움, 어머니에 대한 그리움, 우리들의 고단한 삶을 바라보며 느낀 세상의 무게가 고스란히 담겨있습니다.

때로는 사랑으로, 때로는 그리움으로, 그리고 때로는 깊은 성찰로 채워진 이 시들이 독자님의 마음에 작은 미소로 남을 수 있으면 좋겠습니다.

시를 쓰는 동안 느낀 진솔한 감정들, 자연이 선사하는 경이로운 순간들, 그리고 일상에서 마주한 삶의 이야기들을 이제 한 권의 책으로 엮어 세상 밖으로 내어놓으려 합니다.

저의 시를 읽고 단 한 사람이라도 가슴에 작은 울림을 느낄 수 있다면 그것만으로 충분히 행복하겠습니다.

2025년 2월

풍경이 스치는 일상에서 **석병오**

차례

1부

스치는 것들

봄

누가 봄이라 불렀는가
겨울 긴 침묵 잔설을 비집고
산모가 아기를 순산하듯
살포시 내민 꽃망울

그 망울속에 내님 얼굴있고
그 속 님의 향기따라
기어코 피어나는 꽃들의 향연
내 마음도 덩실 피어난다

매화따라 개나리 수줍고
벚꽃따라 진달래 향기롭고
님따라 내 마음도 벌써 봄

둑 길 늘어진 가지마다
연분홍 꽃이 아찔하다
다정히 손잡고 거닐면
추억 몇개 가슴에 뚝

벌,나비,춤추는 꽃들의 하모니
초록 너울 피어나는
희열찬 지금이 봄 봄

엄마 가슴에

가지 많은 나무 바람 잘 날 없고
열 손가락 깨물어
안 아픈 손가락 없다네

등 굽은 삶 고달파도
겉으로 아무렇지 않아 보여
그런 줄 알았건만

알고 보니
속으로 곰삭힌 가슴에
돌덩이 눌러앉았네

살아생전 그 아픔 몰라보고
뒤늦게 깨달았네
엄마 가슴속 돌덩이에
나도 있었다는 걸

장가계

기암절벽이 우뚝 서고
태곳적 숨결이 살아 숨 쉬는 비경

세상의 언어로는 다 품어 담을 수 없는
신비롭고 경이로움에 감탄사를
연신 토해내고

보는 곳마다
아름다운 풍광
한 폭의 동양화를 선사한다

파노라마처럼 끝없이 펼쳐진
비경에 보는 이 누구라도
입을 다물 수 없는
언어의 마술사가 되고 시인이 된다

각기 다른 모습으로 하늘로 치솟은
신비로운 바위 봉우리
억겁의 세월을 견뎌낸 위대함에
시간이 멈춘 듯

황홀하고 아찔한 극치를
사진으로 눈으로 가득 담아
아름다운 추억으로 남겨보리

빛바랜 풍경

엄마 숨결 배인 명절
세월에 바랜 꿈
까르르 웃음꽃 피우던 골목
서리 맺힌 기억만 아스라이 쌓인다

자식 기다리며
마당을 몇 번이나 가로 지른 문풍지 그림자
그 사랑, 지금도 심장 혈관을 울린다.

이야기꽃 피던 웃음소리
거친 그리움 되어
지붕 끝 맺힌 서리마저 녹인다

기와 끝에 매달린 추억은
달빛 우려낸 은은한 차처럼
마음 우러나
그리움으로 잔을 채우는 밤

시장통 칼국수

낡은 간판 아래
허름하고 어두운 조명
그 안에 손님이 가득하다

반세기 내공 담긴
할머니 칼국수
시장 골목 안 구석
세월 묻은 의자에 앉아 기다린다

주름진 손끝으로
썰어낸 면발, 찐한 국물 속
면발 춤추듯 너울 익어간다

인심 듬뿍
큼직한 그릇, 맛갈나는 깊은 맛
한 끼 식사로 결코 허름하지 않다

외로워야

가을은 외로움이 잘 어울리는
계절인가 보다
왠지 눈물이 나려고 하고
그립고 쓸쓸해지니 말이다

붉게 물들어 화려했다가
떨어지는 낙엽을 보면서
인생도 붉은 낙엽 되어
쓸쓸히 떨어지는 계절이다

시인은 외롭고 고독해야
온 마음을 담아 시적 감성을
담아낼 수 있다고 하지 않던가

배부르고 즐거운 사람이
어떤 수식어로 전율을 느끼고
감정을 뼛속까지
표현할 수 있단 말인가

시인은 외로운 가을이
내 소유인 듯 마음껏 품고
한없이 외롭고 고독해야
갈대가 흔들리는
내력을 시로 표현할 수 있지 않을까

가을 풍경 속으로

코스모스 바람에 한들 향기 품고
이름 모를 들꽃 햇살에 여울지는
풍요로운 계절
못다 품은 마음은 늘 아쉽다

달빛은 부드럽게 스르르 흐르고
풀벌레 소리는 귓전에 속삭인다
잔잔한 호수는 윤슬로 반짝이며
계절의 무늬가 조화롭게 어우러진다

가을은 지난 상처를 모두 품어 담고
길섶에 핀 들국화에 미소 짓고
바람의 소리는 음표를 낚아낸다

가을 속 여백에 단풍잎 붉게 물들면
낭만 한 움큼 채워
행복 피어나는 풍경에
마음 한가득 채워보련다

떠나가는 가을

가을이 떠나간다
한때 설악에서 한라까지
붉은 물감 칠하며 불태웠는데
이제 정녕 떠나려 한다

어설픈 인사도 아쉬운 안녕도 못 전했건만
서풍 따라 단풍도 떠나간다

예정된 이별인 줄 알지만
살갑지 못한 마음
야박한 순정처럼 떠나가네

바다의 낙조를 보고 웃자니
떨어진 낙엽이 울고
흘러가는 청춘을 보내자니
하얀 억새가 흐느껴 운다

내 아픔과 기쁨이 공존한 계절
가을바람 한 자락에
겨울이 성큼 재너머 마중 온다

염치없이 피었네

잔인한 계절에 뜬금없이 꽃을 피워
누구를 위해 향기를 품고 있었는가

세상이 숨죽인 계절에 염치없이
피어올라 님 그리워 온 줄 알았어요

눈송이 앉은 붉은 꽃송이가
님의 수줍은 얼굴인가 했었어요

붉디붉은 얼굴에 하얀 면사포 쓰고
님 마중 온 줄 알았어요

님은 아직 까마득히 먼 곳에 있는데

다리미 같은 벗

주글주글 구겨진 마음
굴곡진 인생길 마디마디
다리미로 쫙 펴주면 좋겠다

아픔이 친구 하자고 할 때
휑하고 서글픈 마음속 주름들
다리미로 쫙 펴주면 좋겠다

마음속 울퉁불퉁 비포장길
아스팔트 포장길처럼
다리미로 쫙 펴주면 좋겠다

배배 꼬인 생각 얼룩진 마음
잘 씻어 다리미로 쫙 펴주는
벗 하나 곁에 있으면 참 좋겠다

나도 누군가에게 한 번이라도
아픈 가슴을 위로해 주고
쫙 펴주는 다리미 같은 사람이고 싶다

동그라미로 사는 것

젊은 날 세모, 네모, 마름모처럼
수많은 모서리의 변이 되어
칼날같이 할퀴고 찌르며
표독하게 서로의 가슴에 상처를 주었다

세월에 조금씩 모서리를 깎아내니
강했던 성격도 굳은 생각도
조금씩 무뎌져 내려
이젠 상대가 모서리로 찔러도
동그라미 되어 상처를 덜 받으니 좋다

이제야 알 것 같다
모난 돌이 정 맞는다는 옛말을,
동그라미로 품어야
상대도 부드러워진다는 것을

조약돌처럼 동그랗게 살아가며
모서리를 깎아내니
이렇게 마음이 편안하고
세상이 다 포근하고 아름다운 것을

하루 아침 날벼락

비 그친 뒤 피어나는 안갯속처럼
불현듯 앞이 실타래 엉킨 굴레 되어
한 사내는 한숨을 그려낸다

방안 구석 처박힌 신문 구인광고
빈 술병이 널브러져 뒹굴고
무너진 인생도 등달아 뒹군다

배신 같은 해고에 상처를 안고
허우적거리며
처량한 신세로 뒷걸음질치며
천리 낭떠러지 떨어진다

사내의 가슴에 화살 같은
비수가 명치 끝을 관통하고
버림받은 인생이 수식어 되어
앞길이 막막하지만

그럴수록 버텨낼 힘, 다시 모아
기어코, 꽃 한 송이 피워낼
앞날에 자박자박 희망 걸음을
품어야지

엄마 첫 기일

세월의 흐름이 향수되어
애틋하게 지난 일들이 그리움 되고
보고 싶은 마음에 눈시울이 붉어진다

베란다 창문에 걸린 달빛처럼
마음도 추억에 걸려
이렇게 마음이 아려 멍울진다

그리움을 아픈 가슴에 품으니
이 밤 달빛이 왜 그리
애틋하게 마음을 울리는지

그리움이 지운다고
지워지겠는가만
불어 터진 가슴은 더 아프다

시간이 흘러가면 그리움에
울렁이는 이 마음도
조금씩 희미해지겠지만

내려놓았다 생각할 때쯤
또다시 그리움이 울컥
가슴에 파고들어 아려오겠지

꽃 속에 빠진 짝사랑

아름다운 꽃을 보다가
소년은 꽃 속에 풍덩 빠져들어
그 속에 별빛 하나 심고
달빛 하나 영글어 너울 춤추고
하모니를 꿈꾼다

비와 구름이 내려앉으면
살며시 우산 속에 태양을 감추고
사랑의 꿈을 품어가며
꽃 속 깊은 향취를 머금고 음미한다

꽃잎이 열매와 하나 된다는
소문이 날 때쯤
소년은 다 내려놓고 안개 따라
꽃 속에서 터벅터벅 걸어 나와
아무 일 없다는 듯 일상을 연다

아려 무너진 마음 감추고

가로수 누비는 인생

굽이굽이 삼십 년 세월 동안
가로수를 누비며
목구멍에 풀칠하며 달린 인생
세상 풍파 헤치고 켜켜이 살아온 발자취다

껌딱지처럼 함께 희로애락하며
견뎌온 인생 동반자
나는 뼛속까지 택시 기사다

남들이 좋은 직장 높은 직위로
자신의 능력을 자랑할 때
단 한 번도 그곳을 향해
우러러 부러워한 적 없었다

바닥에서 나름의 인생을 살았고
가족의 생계를 위해 '열심히'라는
단어를 숙명처럼
묵묵히 중심을 지키는 저울로 살았다

불특정 다수의 손님을 태우니
별별 사람, 별별 스토리가

많은 직업이지만
보통은 평범한 이웃 같은
친근감 넘치는 손님들이다

세월이 유수같이 흘러
나이 육십을 훌쩍 넘기니
벌써 시간이 인생 가을이로다

돌이켜 보면
태산이 무너지는 굴곡진 날도
함박웃음 짓고 너울춤 추는 날도 있었다

힘든 세월 견디며
무거운 걸음으로 터벅터벅
여기까지 왔기에
이만큼 살 수 있음에 감사할 따름이다

퇴직할 나이에 일할 수 있음이
감사하고 다행하다
남들처럼 큰 부자도
성공한 인생도 아니지만
이만하면 잘 살았노라 위로해 본다

몸뚱이는 가끔씩 여기저기
고장도 나지만
잘 고쳐 가며 살면 될 듯하고,

건강이 허락하는 날까지
언제나 가로수를 누비며
손님들의 일상에 발이 되어
달려보련다

눈 내리는 날, 문득

창밖에 눈이 내리니
문득 너의 기억이 내려온다
잠자고 있는 뇌리 속 기억이
하얀 눈처럼 소리 없이 가슴에 내린다

첫사랑의 설렘도 아픔도
첫눈처럼 순수했던 그때
어설프게 떨리던 손길도
따스했던 눈빛도 새록새록 떠오른다

강산이 몇 번이나 바꿔도
첫눈처럼 왔다가 차갑게 녹아내린 그리움,
매년 첫눈이 올 때면
다시 열여덟 가슴이 되어 설렌다

갈대처럼

바람이 아무리 세차게 불어도
꺾이지 않는 갈대처럼

아무리 험난한 세상살이도
흔들릴 뿐

결코 꺾이지 말자

저 연약한 갈대도 견디며 살잖아

외로운 섬 독도

동해가 품은 외로운 바위섬
억겁의 세월을 머금은 당당한 기풍
천년의 기록이 흔적을 남기고
세월 속 파도는 알고 있네

이 땅은 우리의 살이요, 뼈라고
갈매기도 철새도 노래하네
이 섬은 우리의 심장이라고

변화무상 흘러가는 세월에도
꿋꿋이 지킨 바위섬,
태극기 한 폭이 춤추고
조상의 혼이 살아 숨 쉬는 곳

누가 감히 넘보랴
우리의 피와 살 같은 이 땅을
역사가 알고 세월이 알고
조상의 얼이 살아 숨 쉬는 섬

언제나 당당하고 의연한 모습
가슴 깊이 새기고 지켜야 할
민족의 섬 독도
영원한 민족의 심장이어라

너

꽃들이 제아무리 곱다 해도
너의 고귀한 눈동자에 비할까

달빛 어린 밤하늘 그림자
호수에 내려앉아 정겨워도
너의 해맑은 미소만큼 고울까

새벽을 깨우는 고운 새소리가
아무리 청아하고 감미롭다 해도
청순한 너의 향기에 비할까

한 줌의 햇살도 반해 버린 너
행복한 꽃길만 걸어야 할 너
무엇이 더 너보다 소중할까

머릿속의 생각이
가슴으로 내려와
그리운 널 지키고 있음에
너의 향기는 행복이고
기쁨이고 사랑이다

2부

그리움

엄마 떠나간 가을

이별만큼 아프고
낙엽 떨어지는 서러운 가슴은
심장이 품어내는 피멍이 된다

불어 터진 심장
흔들리는 일렁임도 서서히
사그라들겠지만

아직은 내려놓을
가슴이 아니라서,

목구멍까지 올라오는
아픈 마음 울컥 전율되어
서러워 그리운 날

서걱거리는 갈대숲은
더 휘어져 흔들리고
싸늘한 바람에
내 마음도 덩달아 휑해진다

이불

힘겨운 무게를 내려놓을 시간
하루의 피로를 눕히고
최선을 다했거나, 혹은 힘들었거나
수고한 몸을 이불은 다 품어준다

세상살이 버거워
한숨 쉴 때도,
보람을 느끼며 행복한
웃음 질 때도,
저녁이면 이불은 영혼이 쉬어갈
안식처가 되어 준다

깊은 밤 고독이 녹아들고
내일의 걱정도 내려놓을 때
엄마 품처럼 곤히 잠들게 안아준다

긴 긴 겨울밤
이불 속은 내 작은 우주가 되고
내일이라는 더 나은 삶을 그리며
별들도 나처럼 스르르 잠들어 간다

다시 청춘

자식들 장성하여 결혼시키고
바쁘게 살아온 날들
문득 뒤돌아보니
벌써 중년을 훌쩍 넘겨버렸네

그렇게 사는 동안 사랑은
메말라 비틀어져 쓰러지고
가슴엔 정 하나만 붙어 남았네

이제 부부 둘만의 시간이 많아지고
긴 가뭄 끝에 한 줄기
단비를 만난 것처럼
다시 신혼 같은 감정이 피어나네

다시금 애정이 스멀스멀
가슴에 파고들어
기억을 더듬어 사랑이 살아나네

데면데면 죽어가던
가슴에 잔잔한 파문이 일고
연민인지, 정인지, 사랑인지
뒤섞인 묘한 감정이 꿈틀거리네

다 내어주고

다 내어주고 텅 빈 들녘
벌거벗은 나무
대머리 같이 휑하다

다 내어주고
빈 껍데기만 남은 인생
그 모습이 닮은꼴이다

세상 돌아가는 이치는
자연이나 인간사나
참 흡사하다

계절은 시간 따라 다시 오지만
한 번뿐인 인생,
못내 계절보다 더 고독하다

태양을 삼키는 족구광들

태양의 열기로 계란을 삶아도
될 만큼 이글거리는 불가마 날씨에도
어김없이 족구장에 모이는 족구광들

아직 청춘인 듯 족구 삼매경에 빠져
온 몸은 이미 생쥐처럼
땀으로 흠뻑 젖어 비 오듯 흐른다

그 속에서 즐거움을 찾아내고
때론 승부욕으로 티격태격
목청 높여 언쟁도 하지만

미운 정 고운 정 나누며
함께 운동한 세월이
자그마치 이십 년

이제는 몸도 마음도 단련되어
웬만큼 섭섭한 행동이나
밉상스러운 일에도
끈끈한 내면의 속내를 알기에
칼로 물 베듯 풀어간다

점점 나이가 들어가니
실력은 쪼그라들고
동작은 느릿해지지만
아직은 내려놓을 마음은 아니다

언젠가 서산에 노을 내리듯
내려놓아야 하겠지만
아직은 족구와 썸 타는 중이다

땀 한 바가지 흘린 뒤
밥 한 그릇에 소주 한 잔은
세상 그 무엇도 비교할 수 없는
소소한 행복이다

족구는 끊임없이 도전할 수 있는
삶의 동반자며
비타민 같은 존재이다

족구 사랑은 변함없는
절대적 불변 같은 것이며
그 법칙까지 사랑하며
함께 품고 운동해야 하는
운명 같은 것인지 모른다

할머니 손수레

녹슨 손수레를 끌고
도심의 구석진 곳을
보물 찾듯 헤매는 눈동자

구부정한 허리는 삶의 무게를 끌고
누군가 버린 일상의 껍데기를
한 장 한 장 주워 담는다

고달픈 걸음만큼
수레는 삐걱거리며 돌아가고
힘겨운 삶, 굽은 등도 삐걱거린다

무게가 쌓인 만큼
노을은 검은 심장을 깔아먹고
삶은 노을처럼 쓰러진다

황사 비

꽃잎 향연 초록 물감
너울너울 춤추는 봄
하늘에서 심술부려
흙탕물 뿌렸는가

비와 함께 흙먼지가
온 세상을 삼켜 놓고
세차하고 돌아선 차
황사 비에 허탕치고

칼칼한 목 따끔한 코
마스크 야무지게
살아있는 모든 생명
거친 호흡 아우성

사월 하늘 황사 비로
초록마저 숨죽이고
바람 살랑 다시 불면
맑은 날에 소풍 갈까

봄이 오는 그날

세상 돌아가는 현실이
한겨울 칼바람처럼 매섭고
먹구름 잔뜩 낀 하늘은
눈이 내릴 듯
한 치 앞도 보이지 않는다

앙상한 나무는
매서운 바람에 몸을 떨며
차가운 절망 속에서도
세상 풍파 다 품고 견뎌낸다

언젠가 두꺼운 얼음장 녹아내려
따스한 햇살 쏟아지는 날
새싹은 대지를 뚫고 솟아나리

칼날 같은 추위 속에서도
얼음 밑 물줄기는 힘차게 흐르고
혼돈의 세상 속에서도 민심은
거센 물결 되어 흐르네

까마득한 어두움 속 풍파에도
한 그루 희망의 나무를 심어
봄을 기다리면
머지않아 꽃 한 송이 피어나리

낚시

머릿속 바다에서 시를 낚시한다
물고기를 잡는 강태공처럼

단어라는 떡밥 만들고
시어 하나 바늘에 꽂아

낚싯대를 던져놓고
하염없이 기다린다
머릿속에 뱅뱅 도는
시어들을 모아 모아

별 만들고 달 만들어
떡밥으로 던져놓고
잡힐 듯 말 듯
낚시 입질 시어 몇 줄

꽃 한 송이 떡밥 만들어
구름 한 점 던져 놓고
이번에는 느낌 좋아
시 한 편 낚으려나

5월 풍경

솔향기 짙게 풍기는 숲길 따라
내 마음도 솔바람 등에 업고
초록 세상 열어본다

초록 한 홉 물들이고
햇살 한 줌 가슴에 담아
하늘 구름 친구 삼고
고즈넉한 꽃향기 품고 거닌다

초록 물감 한 방울 꺼내
하늘 높이 뿌려 놓고
구름 한 조각 손에 잡고
그대 품에 안겨줄까

고라니 한 마리 산비탈에
한가롭게 노닐다
맑은 눈망울 놓고 간다

솔바람에 풀꽃 한들 춤추는
저녁노을 산새들 노래하는
5월 풍경, 그림 소리

꽃은 아프게 아름답다

화려한 꽃도 자연의 섭리 없이
혼자 피어나고
그냥 아름다울 리는 없다

산모가 잉태하여 출산하는 것처럼
인고의 시간에 햇살 얼마만큼
빗물 몇 방울 담아 피어나는 것

겨우내 언 얼음이 녹아 흐르면
꽃은 꽃인 줄도 모르고 피었지만
경이로움을 찬미하는 것은
사람들의 몫인가 보다

봄꽃이 더 아름다운 것은
겨우내 혹한을 견디고
검은 눈물 삼킨 시간을 품었기
때문이다

추억을 담다

길을 걷다,
빨간 우체통을 보니

한 시절 추억이 파도처럼
밀려온다

전화가 귀한 시절
오로지 편지로 사랑을 키워갔다

사랑의 끈 우체통을 보니
추억 속 그리움이 새록 피어난다

콧날 시큰한 젊은 한 시절
아름다웠노라고

수신자 없는 편지를 써
우체통에 넣어 그리움 보내볼까

인생 그것 참

사랑 때문에 가슴앓이 한번
해본 적 없는 이가 어디 있으랴만

쓰라린 아픔에 뜬눈으로
눈알이 휑해지는 아픔도 견뎌봤고

더 좋은 인연을 만나 손가락 걸고
살아온 인생, 때론 굴곡도 지고

삶의 높낮이에 울고 웃으며
아스라이 쓴맛 단맛 삼켰다

세월이 인생만큼 곱기도 하고
애달프기도 하여 가슴에 파고들어

몸속 잠자는 세포들을 깨워
그 속에서 행복을 찾아내고

희로애락을 품어가며
사는 것이 삶이고 인생이더라
살아온 세월을 돌이켜 보면
인생 그것 참,

허무하기도 하지만
한번 살아 볼, 참 괜찮은 놈이더라

봄꽃

응달 그늘 햇살 가득
내려앉아 봄순정 기다린다

담벼락 양지에 졸고 있는 고양이
햇살 한 줌에 취했나
매화꽃 향기에 취했나

불어오는 춘풍은 동네 한 바퀴
휘감고 잔설의 깊은 음지에
내려앉는다

가로수 사열하는 벚꽃,
온통 팝콘의 향연을 펼친다

개나리 처녀 따라 떠나간 님은
향기 따라 다시 올까

황진이가 제 아무리 곱다한들
님 자태만큼 고울까

먼 그리움

세월의 흔적 따라
꿈속 정원의 뜰에서
님 향기 코끝에 머물고

그립다 눈물 지우면
더 그리워 아파질까
달빛 흐르는 아픔에
미소 짓는다

긴 꿈속 님 향기 따라
노닐다가 흑 눈뜨니
까만 그리움 눈물 한 방울

시간의 강을 건너
행복한 지난 세월을
어찌 그립다 말 하리오

차마 그립다 말 못 하고
다시 접어 가슴속 깊이
고이 간직합니다

아버지

달그림자 내려앉는 골목길
가로등 불빛 등에 업고
아버지의 하루가 열린다

노동의 힘겨운 고통 따위는
생각할 여유조차 없이
전붓대처럼 꼿꼿이 버티고 있다

가족은 삶의 전부요
살아가는 이유이다

삶의 고단한 핍박에도
생존의 아우성에 몸부림친다

삶이 가끔 상처가 되어
가슴이 여미고

슬픔이 목구멍까지 올라와도
세상을 품고 의연히 서 있다

퇴근길 달그림자 동무삼아
외롭고 쓸쓸함을 삼키며
골목길에 고독을 토해낸다

김해 해반천

아파트 바로 건너
작은 하천 징검다리
두루미 한 마리 외롭게 노닐고
티 없이 맑은 물 경이롭기도 하다

온갖 삶의 힘겨움
잠시 내려놓고 귀 쫑긋
물소리 청아하여
음반 구슬 졸졸졸

해반천 담은 맑은 공기
가슴 깊이 받으며
흘러가는 시냇물
바다 넓이 소망하고

금계국꽃들이 만발하고
나비 몇 마리 나풀나풀
하천길 늘어선 금계국
짙은 향기 품어 가고

해반천 꽃길 혼자 거닐자니
님 생각 절로나 꽃향기 담아
전해줄까 하노라

어쩌면 좋지

햇살처럼 다가온 미소
그 사슬에 갇혀

안절부절 어쩔 줄 몰라
두근거리는 가슴

천사처럼 미소 짓는 얼굴
어느새 내 마음 깊숙이 자리 잡아

온통 그 사람 생각뿐
고백하면 멀어질까

말 못 하는 가슴앓이
속으로 삼킨 마음 어쩌면 좋지

아카시꽃 향기

실개천 건너 오솔길
초록 길섶 모퉁이 돌아
달콤한 향기 코 끝에 스미네

온통 눈앞이 하얀 세상
포도송이처럼 주렁주렁
향기 품는 아카시꽃

때 만난 벌들은 꿀 따기 삼매경
내 마음도 꽃향기에 취해
고즈넉한 풍경을 딴다

새 한 쌍 하늘을 휘감고
꽃가지에 앉아 지저귀다
나처럼 꽃향기에 취했나
한참을 머물다 간다

솔바람에 초록 잎 춤추니
아카시꽃도 덩달아 춤춘다
5월은 꽃에 취하고 초록에 취해
점점 더 깊은 향기 속에 익어간다

뒷모습을 아름답게

가야 할 때를 알고 돌아서서 가는
뒷모습이 참 아름답다
돌아눕은 계절만큼
차가운 날씨도 덩달아 돌아눕는다

세월에 흘러간 애달픈 사연들도
찬바람 시린 속삭임도
햇살에 양지를 걸어놓고 봄 찾아간다

변덕 서러운 마음을 품은 차가운
날씨만큼 모질게 사랑했다고
다가오는 봄바람에 전하련다

세상 모든 것이 순리대로
가는 뒷모습이 아름다우면 좋겠다
계절도 사랑도 인생마저도

봄 바람

계절의 시계도 잠이 덜 깨어나
새벽처럼 애매하게 겨울인지 봄인지

바람은 차가워 장가 못 간
노총각 처녀 부르는 소리처럼
삐걱거린다

아직 겨울의 잔영에 주눅 들어
성큼 발길을 돌리지 못하고
햇살은 구름 사이 고개만 민다

그럼에도 봄은 약속된 선물처럼
성큼성큼 꽃 피우며 다가오고

시간은 이미 매화꽃 스친 바람에
목련꽃 품고 있다

곁에 다가온 봄을 어떻게 감당해야만
바람난 마음
팔랑거리는 영혼 달래 볼 수 있을까

가슴이 그리우면

찬서리 칼바람에
함박눈 내리면

외로움 채우지 못하고
날씨만큼 움츠리고

이방인처럼 못다 한
그리움 담는다

잠들지 못하는 파도처럼
그대 향한 마음 멈추지 못하고

구멍 뚫린 가슴
사무칠 줄 알았다면
한쪽 어깨라도 내어줄걸

돌아서는 마음
기억 끝에 눈송이처럼 쌓이면

그대 동백으로 붉어지면
난 눈 속 복수초로 피어나리

후회

무심하게 흘러간 세월을 돌이켜보니
뭐 하나 해놓은 것 없는 인생인데

얄팍한 추억에 미련은 왜 그리 많은지
누구 하나 추억을 연민하지도 않는데

그저 시간 따라 꼰대의
하울링처럼 고집스러운 삶에도

뜻대로 이룬 인생은 아니었기에
느낌 있는 애정이 없다 해도

안타깝고 아쉽고 후회스러운
나날들은 참 많다

후회스러운 꾸지람에 빗물 따라
상념에 젖은 두 눈 깊숙한 곳에서
이슬 하나 뚝 떨어진다

봄은 설렘이다

꽁꽁 언 얼음 이불을 걷어내고
시냇물 흐르는 소리 졸졸졸
나무도 가지마다 방긋 인사하고
소담소담 마음도 빗장을 푼다

꽃들이 하나 둘 망울을 터뜨리니
향기가 코끝을 간지럽히고
겨우내 움츠린 몸과 마음이
기지재를 켜고 봄소풍 간다

마당에 널어놓은 빨래는
한들한들 춤을 추고
멍멍이는 살랑살랑 꼬리 흔들며
개울 넘어 아지랑이 콧노래 흥겹고

팝콘처럼 하얀 매화꽃 피어나니
놀이터도 잠에서 깨어나
아이들 조잘거리는 소리가 높다

흐드러지게 핀 꽃을 보니
마음도 덩달아 피어나고
햇살에 반해 버린 풍경
솔바람에 꽃향기 품어 간다

오해

정말이지 살아가며
가슴 시린 날이 있습니다

벽을 쌓으려 하니
그 벽이 더 아프게 다가오는
날이 있습니다

내려놓자니 그동안의
정 마저 아픔으로 다가옵니다

살아온 날의 관계가 이렇게
무너지는가 아슬합니다

그간의 정을 무너트릴 수 없어
입장을 바꿔 생각하고 또 생각하며
엉킨 실타래를 풀어 보려 합니다

집 앞 말없이 지켜보는
당산나무가 말을 한다면
인간사 굴레를 뭐라고 꾸지람할지

어설픈 달빛에
어긋난 감정을 풀어냅니다

이렇게 끝내버릴
인연은 아니기에

첫눈

계절의 로터리에 행복과 사랑의
이정표를 걸어 놓고

아쉬운 이별을 전하고 낙엽으로
꽃이불 만들어 시린 가슴에 덮어주고
안녕을 전한다

사랑했던 계절의 한 모퉁이를 돌아
새로운 계절에 마음 내려놓고
속삭일 일렁임을 구름 속에 숨겨놓고

좀 더 물들어 가는 계절을 만끽하고
하울링 하고 싶은데

밤새 어설프게 내린 눈이라도
즐길 마음에 동심으로 돌아가
추억을 그려본다

첫눈의 러브스토리야
누군들 없었겠는가

지금 곁에 있는 사람에게
계절만큼 두꺼운 옷처럼
두껍게 사랑도 함께 나누시길

아롱진 마음

계절의 시간 속 축척된 상념들
낙엽처럼 휘날리는 마음

가을에 묻어둔 감정들
아직은 떠날 시간이 아닌지
더 붉게 불타는 산야

가슴은 수줍고 볼은 단풍잎
보다 더 붉게 타오르는 순정

만약 입술이 간지러울 때
사랑한다는 말을 했으면

가슴에 품은 붉은 일렁임이
이 계절에 있었을까

빗장을 허무는 이 계절에는
사랑한다 말해도 되었을까

생각은 온통 그립고 보고파
말 못 하고 물들어 가던 늦가을

딱 이맘때 가슴이 그랬지

가을이 오는 소리

아직은 여름의 잔상에 머물러
건너 다닐 마음의 다리가 있다

가을에 꽃이 되기 위해
조금 아파도 좋다
여름을 가슴에 묻지 말고
한들 바람에 날려버려도 좋다

기대라는 작은 생각들이 모여
가을을 수놓을 수 있다면
생각들을 꽃으로 담아
허접한 로맨스라도 해보고
싶은 마음이라도 좋다

처서가 지나면 모기 입이
삐뚤어진다고 하는데
아직 한낮은 여름의
열기가 식지 않고 품어낸다

매미는 떠날 준비로 더 슬피 울고
귀뚜라미는 때 만난 듯 노래 부르고
조석으로 시원한 바람이 살랑이면
코스모스 향기 가득
가을 노래 한번 불려 보아도 좋다

새벽 영롱한 이슬처럼
설렘이 피어나는 응석이라도
그냥 계획 없이 여행을 떠나도 좋다

가을에는

한 시절 그렇게 하늘이 불타올랐는데
이제 햇살이 나락으로 조금씩
떨어져 점점 이별의 뒤안길에
서 있습니다

가을의 문턱에서 여름 꼬리를 잡고
더위는 아직 안간힘으로 버티지만

벌써 제법 시원한 바람은
목을 쭉 빼고 고갯마루에서
가을 마중을 나와 있습니다

여름에게 작별 인사도 못했는데
아니 태풍과 장맛비의 원망도 하소연도 남았는데

고추잠자리 하늘 높게 춤추며
코스모스 한들한들 향기 품고
온갖 풍성한 과일들이 영글어 가는

가을은 황금빛 찬란한
선물을 가지고 우리들 곁으로
성큼 다 가옵니다

신선한 바람의 미소
비밀스러운 눈짓으로 양파 껍질처럼
하나하나 가을의 속내를 풀어

부디 이 가을 고독하지 말고
세월의 바구니 속 젖은 노을
슬퍼하지 말고 풍경 한 자락
즐기기만 할 수 있길

눈 속에 핀 야생화

산책길 길섶 모퉁이 돌틈사이
터 잡은 작디작은 야생화

질긴 질풍의 세월을 견디며
인고의 시간만큼 애처롭다

햇살 한 홉도 외면하는 응달
빗물 한 방울도 겨우 스미는
가냘픈 생명끈 사투가 아찔하다

엄동설한 매서운 칼바람에
꿋꿋이 견뎌낸 쓰라림에
함초롬히 봄 언약 기다리며

기어코 하얀 눈을 밀쳐 올려
앙증스레 피어낸 꽃망울
그 은은한 자태가 참 향기롭다

사랑은 조금 아파도 좋다

밤새 별들이 놀다 간 창가에
햇살 한 줌 빗금 치며 비추니
싱그러운 내음 코끝에 스미네

애달픈 들꽃 한 송이
홀로 외로이 순백으로 피고 지고
우리의 인생만큼 애처롭다

햇살 가득 내리는 황금빛 들판에
참새 무리들 들녘을 노닐 듯
행복은 억지춘향이 아니라
순응하는 만큼 누리는 것임을,

빛 그림자에 쉬고 있던 꽃잎도
어느새 깨어나 밀어를 속삭이고
사랑은 꽃이 되기 위해
조금 아파도 좋다

가을 하늘 뭉게구름 피어나면
내 마음 그리움 담아
그대 영롱한 두 눈에 사랑 한 점 머물까

소낙비 같은 인생

하늘은 한없이 높고 푸르르
햇살로 불쏘시개를 해도
좋을 만큼 붉었다가

갑자기 먹구름이 몰려오고
천둥 번개를 치며
바짝 마른 흙이 빗방울에 놀라
소스라치며 튕겨 오른다

한동안 그렇게 퍼붓다
언제 그랬나 얼굴 내밀며
웃고 있는 햇살

인생도 그렇다
예고 없이 흐리다 맑아진다
슬픔도 행복도
문득 뜬금없이 울다가 미소 짓는다
소낙비같이

가을빛 가득한 날

마음의 정원 황금 들판과
단풍잎 떨어지는 계절 따라
온 마음 한 움큼 뿌려 놓고

산새소리 신선한 일상에
지는 노을 속 그리움
점점 붉게 변해가는 낙엽의
찐한 물감들 한가득 모아

햇살 사이로 고여있는
한 폭의 수채화 가을
떨어진 호수 속 그림자

엄마 품 같은 그리움 안고
너 없이도 너를 좋아할 수밖에 없는
마음을 놓고 갈 계절
가을 풍경 이야기

생각 저편에

녹일 듯 뜨겁게 쏟아낸 열기는
서서히 식어가고
가을빛 햇살에도 시린 가슴
다독여주는 바람 한 자락 놓고

늘 익숙한 그 오솔길 따라
환한 미소에 손짓하며
나지막이 숲 속에 쉼터 하나

생각 저편에는 언제나
나누어줄 너그러움이 있고
삶을 위로해 주는
따뜻한 마음 한 줌 있듯

어설프게 붉은 낙엽 바람에
흩어져 날리는 날에
손잡아 주는 정겨운 사연 담아
미소처럼 아름다운 가을
이야기에 머물다 간다

파스 한 장

깊이 잠든 아내의 어깨너머
찐한 파스 냄새가 스멀스멀

힘든 삶의 훈장처럼
파스 한 장 붙이고 곤히 잠들었네

맞벌이에 고단한 집안일
단 한 번도 불평 없이 살아준 고마움

울컥 안쓰럽고 미안한 마음이
뒤섞여 명치끝이 아려온다

나약하고 가냘픈 그 어깨로
온갖 무게를 지탱한 희생

새삼 그 마음이 얼마나 감사하고
고마운지 가슴에 파문 하나 일렁인다

그리운 그 이름

대가 없이 전부를 다 내어 주고
행여 어두운 길 다칠세라
걸음마다 등불 되어 밝히시어
삶에 위안을 주신 그 이름

마음이 편하거나 바쁠 때는
잊고 살다가
마음이 시리고 아픈 날에는
어김없이 생각나는 그 사람

겨울비가 쓸쓸히 내리는 날에는
더 보고 싶어 가슴 한편이 짠하게
그리운 그 이름

자신의 모든 것을 한없이 퍼주고
빈 껍데기만 남아 있어도
더 못 주는 것을 안타까워하고
미안해하던 그 사람

그 사랑이 너무 크고 태산 같아
하늘에서도 우리를 걱정하고
계실 그 이름

세상에 단 한 명밖에 없는
아니 지금은 세상 어디에도
없는 그 사람

목 놓아 통곡하며 불려도
다시는 못 돌아올 그리운 그 이름
울 엄마,
참 보고 싶은 날이다

3부

가슴에서 보이는 풍경

그리움의 여명

헝클어진 머릿속 상념들
혼탁한 삶의 그림자
성난 속내의 바람은
창문 틈에 안부를 놓고

고독한 곡예사처럼
내 마음 산책하고, 슬픔의
곳간에 그리움이 쌓인다

달 보며 마음 열어 줄
자물쇠는 허물없이 수많은
인연을 풀어 주고

애써 비켜간 인연
추억의 그늘에 앉아
밤새 고독 속에 여명이 열리면
추억과 그리움에 긴 여운을
남기고 머물다 간다

순백한 마음

찬바람이 얼굴을 스쳐 여미어
붉은 잎새 털어진 가지마다
하얀 옷으로 갈아입어 순백으로
다시 피어나니

온 세상 하얀 동화의 나라로 이끌어
탐욕과 이기심의 상념들을 잠재워
동심 같은 마음을 주네

마음이 순백의 눈처럼 순수하다면
시기와 질투가 없는
천사의 마음처럼 베풀고
나누며 살진데

뭐가 그리 욕심이 많아 질투하며
매일 전쟁통처럼 치열하게 사는지
티 없이 순수한 눈이면 좋으련만,

인생길 자박자박 산책 걷는 것처럼
순백한 마음으로 익어가면
그 깊이가 홍시처럼 달콤한 것을

인생은 늘 흔들리며 가는 것

세상살이 뜻대로 다 이루어진다면
인생사 무슨 재미가 있겠는가

때로는 가슴 터질 멍울진 아픔에
마음 쓰라릴 허망한 때도 있고

때론 하늘보다 높이 날아갈 듯한
벅찬 행복이 넘치는 날도 있지

인생은 얄궂게도 호락호락 수월하게
행복을 만들어 주질 않는다

거센 파도를 헤치고 항해하는
배처럼 인생도 험난한 길을
굽이굽이 해치고 견디며 나가는 것

단 한 번도 삶을 꼭대기로 살지 않았지만,
그래도 결코 후회는 없다

인생은 꽃처럼 아름답다가
때론 흔들리는 갈대였다가
또 붉은 노을 되어 익어 가는 것

인연 따라 살다가는 인생

하늘에 너울너울 흘러가는
구름 한 조각도 뜬금없이 생겨나듯
우리네 인생도 인연 따라
우연히 피어나는 것

생명의 근원은
어디에서 어떻게 왔을까
바람 한 점 일렁임에서 왔을까
굽이굽이 강물 따라왔을까

돌고 돌아가는 윤회의
굴레에서 억겁 년이
지나 다시 돌고 돌아왔을까

소중한 인연으로 만난 만큼
가슴마다 오선지에 아름다운
수채화를 그려내고
사랑으로 베풀어주며 살면 좋으련만

언젠가는 삶을 내려놓고
요단강을 건너야 하는 운명인데
움켜쥐고 욕심부려봐도
노잣돈 한 푼 못 가져가는 삶인데
주변 굴레 삶 자리 더럽히지는 말아야지

세상을 떠날 때쯤 인생 돌아보면
그래도 잘 살았노라고
아름다웠노라고
말할 수 있으면 좋을진데

욕심부리고 아등바등해 봐야
삶의 끝은 한 조각 뜬구름이
사라지는 것과 같음을

아직은 아픈 가슴

이별만큼 아프고
낙엽 떨어지는 서러운 가슴은
심장이 품어내는 피멍이 된다

붙어 터진 심장,
흔들리는 일렁임도 서서히
사그라들겠지만

아직은 내려놓을
가슴이 아니라서

목구멍까지 올라오는
아픈 마음 울컥 전율되어
서러움이 그리운 날

서걱거리는 갈대숲은
더 휘어져 흔들리고
싸늘한 바람에
내 마음도 덩달아 휑 하다

봄 마중 복수초

눈 쌓인 응달 시퍼런 칼바람
부드러운 속내 샛노란 앙증
가냘프게 미소 짓고

눈 이불 걷어내고
애잔하게 피어난 떨림에
은은한 향기도 품어내지 못했는데

동토의 계절
기약 없이 피어난 복수초
봄 그리는 꿈이야 있겠지

움츠린 햇살 잠에서 깨어나
불쏘시개 해도 좋을 만큼 따사롭고
양지에 고양이가 졸고 있는 풍경
봄 그리는 수채화

가을을 보았습니다

바람이 어깨를 타고 내려
발끝에 머물 때도
가을을 보았습니다

채 붉기도 전에 떨어져
뒹구는 어설픈 낙엽에서도
가을을 보았습니다

들녘에 황금물결 춤추고
뭉게구름 흘러가는 풍경에도
가을을 보았습니다

세월이 강물같이 흘러
낙엽만큼 아픈 가슴에도
가을을 보았습니다

낙엽이 나이만큼 빨리 익어
청춘이 낙엽처럼 아쉬운 날에도
가을을 보았습니다

세월이 찰나에 훅 익어버린
홍시처럼 서산 노을 서글픈 날에도
가을을 보았습니다

다만 춤을 추었소

길 걷다 핀 꽃을 보거든
이쁘다고 감탄만 하지 마시고
바람에 한들 춤을 추시오

겨우내 눈보라 찬서리 끼고
살았소만 온돌 따뜻함을
그리워하지는 않았소

모퉁이 음달에 핀 꽃을 보거든
외롭거나 애처롭다 하지 마시고
바람에 한들 춤을 추시오

잔설을 비집고 봉긋 싹이 필 때도
따뜻한 품이 그립지 않았소
혼자의 모진 시간을 견디며 피었소

둑길에 핀 꽃을 보거든
눈으로 보고 이쁘다 꺽지 마세요
우리에겐 꺾을 권리가 없소
바람에 한들 춤을 추시오

바람이 불어도
난 결코 흔들리지 않았소
다만 한들 춤을 추었소
인생도 한들 춤을 추는 것이요

눈물인가

외로움을 사랑할 수 없기에
잠 못 들고 뒤척일 수밖에
없던 시간은 아침 햇살
마저도 아픔이더라

그렇게 지새운 밤이 지나고
가슴속 외로움 꺼낸 그리움 같은
아침을 내몰아 가는 건
마음에 시린 여운이더라

누군가 아파야 할 숙명이라면
슬픈 사연들을 부여잡고
흐느낄 아픔이라도
사랑해야 하는 마음에 굴레이더라

행여 사랑이 일렁이는 파도에
물거품으로 사라진다고 해도
그 맘까지 사랑하지는 못할
눈물인가 보더라

꿈속 먼 그리움

깊은 밤 어둠 너머 꿈속
먼 기억의 꽃밭에서

길 잃고 헤매다
익숙한 향기에 발길 멈추고

봄꽃 같은 고운 미소
내 가슴에 파고들어

꽃내음에 입 맞추고
발그레 수줍은 얼굴

금단의 잠금을 풀어
먼 그리움 더듬는다

수많은 추억에 둥실둥실
웃음 지으며 춤을 추다

밝아오는 여명에
꿈속 그리움도 사라진다

부처님 오신 날

부처님이 바쁘다
절마다 연등이 나부끼고
형형색색 연등불
건강과 안녕을 빈다

부처님 오신 날
사람들 바람이 너무 많다
욕심 버리고 성찰하며
비우고 살라 했는데

권력을, 부귀를, 건강을 달라며
저마다의 소원을
손 모아 빌고 또 빈다

부처님이 난감하다
중생들의 소원을 전부
들어주려면 얼마나 바쁠까

부처님의 자비가
온 우주에 없는 곳이 없으니

중생들의 소원을
다 들어줄 수 있으려나

부처님 미소가 머문 자리
은은한 향기가 피어난다
옴마니반메훔

네가 있어

태양의 그림자 숨은 자리에도
바람 한 자락 품어가고

하늘 노을 뭉게구름 선홍빛
눈부시어 고즈넉한 풍경

옆에 있는 너의 얼굴 노을빛보다
붉게 익고 내 마음도 함께 익네

익어가는 사랑 주어도 주어도
끝없이 쏟아나는 샘물

아무리 좋은 세상 풍경도
너 없으면 무슨 소용

깊어가는 풍경

새벽 창틈으로 스며드는 냉기
세월의 흐름을 속일 수도
잡을 수도 없는가 보다

등줄기를 타고 내리는 서늘함
몸은 점점 움츠려 들고
허허로울 만큼 휭 한
찬 서리가 마음을 타고 내려

계절의 숨결에 이삭을 줍고
그리움에 단풍잎 쌓인 오솔길
살포시 미소 머금고 즐길

잔잔한 호수에 낙엽 몇 잎 떠있고
갈대밭 은빛 날개 머리 풀어
한들한들 너울 춤추고

점점 깊어가는 풍경 속에
시간은 세월이 되어 익고
빨갛게 멍울진 마음에도
홍시처럼 가을 풍경이 익어가네

바람이 분다

시간이 흘러 세월의 정원
꽃이 피고 진 자리
잠시 머물다
또다시 바람이 분다

무수한 사연 아픔 남겨놓고
해묵은 고통 그리움에도
묵묵히 세월을 이겨내고
바람이 분다

아픔은 더 커져버리고
이별을 추억한다
방향 잃은 나침판 춤추고
바람이 분다

온갖 설익은 아픈 사연
성깔 있는 장맛비
잠든 영혼을 깨우고
바람이 분다

꽃 몽우리 피는 기대에
다시금 꿈틀거리고
뜨거운 숨결을 깨우며
잔잔한 가슴에 바람이 분다

사랑이란

당신 가슴속에
내 마음 이식하고
내 가슴속에
당신 마음 이식받고

당신 가슴속에
사랑 물감 물들이고
내 가슴속에
사랑 물감 물들어오고

사랑은 서로에게
보슬비에 옷 젖듯
살금살금 물감으로 물들이고

우리의 색깔이 하나 되고
서로의 심장을 품어가면
별보다 빛나고
꽃보다 아름다운 것

그대여

들길에 핀 꽃도 아름답고
이쁘지만 난 그대의 꽃을
가슴에 심고 싶소

남들의 사랑이 크게 보여도
난 그대의 사랑만
가슴에 심고 싶소

꽃과 사랑이 지고 떠난다 해도
난 그 꽃과 사랑을 추억하며
가슴에 심고 싶소

그대가 내 가슴에 장미꽃
한 송이 심어주면
백만 송이로 키워 그대 품에 드리리

덩굴장미꽃

줄기를 타고 마디마디 붉은 물감
송이송이 탐스러움
담장에 목 빼고 매달려
님 소식 기다리나

입술에 붉은 립스틱 바르며
살포시 영글고
무어라 형용할 수 없는 자태
붉은 해를 품고 도도하게
담장 주인 된 덩굴장미꽃

꽃도 어느 순간 붉은 피를
토하며 바닥에 떨어져 뒹군다
주단을 깔아 놓고
마지막 향기를 품어 낸다

황태

깊은 바다 누비다가
동해 푸른 바다 노닐다가
어부의 그물에 걸려
강원도 산골짜기
이사 왔다는 명태

엄동설한 덕장 나무에 매달린 채
아가리 벌리고 울부짖다가
기름기 다 빠진 몸뚱어리
눈알이 휑하다

서너 달 얼었다 녹았다 하면서
명태가 다시 태어나 황태되어
밥반찬 되고 술안주 되어
시인의 술잔에 은유로 넘쳐
시상을 낳게 하네

연지공원 사계절

김해 도심지 쉼터 연지공원

인고의 시간 넘어 몽글몽글
꽃 몽우리 피어나는 봄

벚꽃과 튤립의 환상적인 조화가
호수에 내려앉아 한층 더 화려하게
수채화를 그려낸다

꽃이 진 자리에 녹음이 짙고
초록 물감 드리우고 신록은 푸르고
공원의 호수는 더 싱싱하다

그늘에 앉아 호수를 바라보며
이야기꽃 피우면 낙원이 넘실

야간엔 음악에 맞추어 레이저
불빛이 너울너울 춤추는 분수쇼
멋진 음률에 감탄사를 연발한다

공원의 마스코트 더기를
물 위에 띄워 아이들 동심에
해맑은 감성을 녹여낸다

가을이면 낙엽이 호수에 내려앉아
붉게 물들이고 외롭고 슬슬한
이들의 가슴을 달래준다

겨울의 추위에 침묵의 긴 속삭임
앙상한 가지도 저마다의 멋을 품고
공원 둘레길에 운동하는 사람들의
뜨거운 숨결이 그려진다

연지의 사계절은 이렇게 익어간다

연지공원은 시민들 놀이터요
시민들의 휴식처이며
언제나 반겨주는 엄마의
포근한 품 같은 곳이다

내 고향 밀양

한여름 얼음골에 찬바람 씽씽,
표충사 자락은 천년을 호흡하고
영남 알프스 봉우리마다 구름 타고
하늘 열고

긴늪 울창한 소나무 숲 밀양강 휘감고
찌든 육신 힐링하는 휴양지로
우뚝 서고

영남루 햇살 담아 밀양강 마중 가고
한 폭의 그림인가
세월의 숨결인가

푸른 물결 흥겨워 손잡고 거닐면
아랑의 혼 서러워 나비 되어
시샘하네

표충비각 땀 흘리며 나라 위기 알려주니,
비밀스러운 밀어인가
신비로운 현상인가

내가 떠난 그 자리 추억 살아 숨 쉬고
무수한 언어들이 먼 기억 담아
사람 내음 물씬 풍기는 내 고향 밀양

여름을 노래하자

봄날은 뜰 안에 꽃을 심고
태양을 마중 가며
이별의 뒤안길에
먼 추억을 회상하며
여름을 노래한다

시간이 흘러 세월이 되는 동안
봄은 꽃을 잉태하고
등줄기 넘어 땀의 흔적으로
여름의 시간을 훔친다

여름은 젊은이들의 환호요
바다의 푸른 갈망이요
가는 봄 아쉬워 말고
오는 여름 희열 차게 맞이하자

젊은 청춘아,
결코 사랑을 버리지 마라
여름은 낭만의 계절이요
강과 바다의 추억이 머무는
사랑이 불타는 계절

햇살을 모아 청춘의 바람에
여름을 희망하라
시를 읽는 그대도 태양을 불태워
노래하라

거기서 거기

얼음이 녹고 봄이 온다고
다 꽃이 핀다
말하지 마세요
그 속엔 햇살과 빗물이
호흡해야 피어나는 것이요

꽃이 핀다고
다 열매가 맺는다
말하지 마세요
그 속에는 벌, 나비 춤추고
산들바람 불어야 결실이 있는 것이요

사랑한다고
다 결혼을 이룬다
말하지 마세요
그 속에는 믿음과 신뢰가 있어야
평생을 약속하는 것이요

인생 열심히 살았다고
다 행복했다
말하지 마세요
그 속에 슬픔과 아픔을 견디고
기쁨과 사랑이 어울려
삶을 지탱한 것이요

세상사 뜻대로 다 이루지 못해도
후회하지 마세요
인생사 거기서 거기요

밀양 나들이

고향은 엄마의 품속처럼
포근한 마음의 정원
고향의 내음 코끝에 머물고
꽃향기 아롱 피어나면
마음은 님 따라 둥실 춤추네

친구 부부들 함께 찾아간
내 고향 밀양
웃음 짓는 미소는 정겹고
즐거운 이야기 소리
아이처럼 티 없이 높아지네

소주 한 잔에 세월을 마시고
고기 한입에 추억을 음미하며
담소가 익어 기쁨이 피었네

삶에 지친 몸 잠시 내려놓고
친구들의 해맑은 미소에
부인들의 즐거움 여는 웃음소리

짧은 고향 나들이
긴 여운 마음에 울리고
행복 영글고 미소 짓는 수채화

잠 못 이루는 밤

초저녁 커피 한 잔이
긴 불면의 밤이 될 줄이야

몸뚱어리 조각난 영혼
아무리 뒤척여 마음을 다잡아도
생각은 생각의 꼬리를 잡고

온 방에 둥둥 떠다니는 언어들
실타래가 뭉쳐 뒤엉킨 굴레처럼

이 밤 아스라이 허상의 상념에
잠은 점점 더 멀어져 아득하다

새벽 멧바람의 공기가 뇌리를
여리게 하더니

기어코 아침 햇살에
축 처진 짐승처럼
횅한 눈알로 하루를 맞는다

한 잔의 커피가 몸과 혼을 삼키는
달콤한 유혹의 늪이 될 줄은

멍울진 기다림

입술에 립스틱 짙게 바르고
폭포수 쏟아지듯
담장 너머 늘어 내리며
손길 뻗어 기다려 봅니다

먼 추억의 그리움에 목 빼고
골목길 모퉁이 바라보며
행여 님 오시려나 기대했는데

휭 지나가는 바람에
툭 툭,
입술 같은 능소화 꽃이 땅에 떨어집니다

떨어진 꽃들이 아려 서러운데
청소부가 지나가며
멍울진 기다림도
흔적 없이 담아 가 버립니다

향기로운 연꽃

청아한 미소로 하늘을 올려보며
세상의 허물을 다 품어내고
깊숙한 내면에 노란 머리 풀어 높인다

햇살에 이슬 수줍게 머금고
분홍빛은 더 분홍으로 빛나고
순백은 더 순백으로 미소 머금고
해맑게 웃고 있는 동자승 같은
순수한 자태

먹구름 장맛비 얄궂게 쏟아지는 날도
체념한 듯 온 몸짓으로 유유히
빗물을 다 받아 포용하는 가냘픈
떨림이 더 향기롭다

은은한 먼 그리움 품고
피어나는 기약 없는 약속이라 해도
너 아닌 누가 그 순결을 피어 올까
향기 머금은 너는 꽃 중에 꽃,
초여름의 약속이다

인생 2막

굴곡진 세월 굽이굽이
토해내며 살아온 인생
보람찬 날은 날개 춤추었고
아쉬움 날은 후회도 있었네

들숨 날숨 가로질러
시간은 주마등 스치고
가슴앓이 속울음
고비마다 견뎌 온 삶

아직도 피 끓는 청춘인데
자중감은 바닥에 지렁이 되고
연금은 쥐꼬리
돈 들어갈 곳은 아우성

남은 세월은 천리만리
길 잃은 철새 고장 난 신호등
인생 2막이 숙제로다
목구멍 밥 한 숟갈 줄 곳 어디

그 여름 저녁

어느새 서산에 노을 그림자
대청마루 위에 누워 뒤척이고
해가 뉘엿뉘엿 내려앉으면
쑥을 태우는 모닥불은 모기를 쫓고

집 뒤쪽 대나무 숲에는
실바람에 한들한들 날개 달아
간간이 너울 춤추고
서서히 어둠이 내리면 별들이
하나 둘 밤마실 나와 반짝이고

점점 깊어가는 여름밤은
은하수 빗금 치며 쏟아지고
시간은 더 깊이 익어간다

이때쯤 가마솥에서 갓 삶아낸
옥수수를 꺼내어
대청마루에 둘러앉아 먹던
그 여름이 한 폭 그림으로 남아
진한 향기로 코끝에 머문다

까마득히 먼 시간 여행 속으로
젊은 날 부모님의 미소가 머물고
가족의 행복이 꿈인 듯 아련해
울컥 잔잔한 그리움 하나 일렁인다

태양을 마시는 사람들

장마가 끝나고 불가마
더위가 시작되니
태양 한 사발 마시고 온몸은
땀으로 범벅이 된다

마신 태양을 다시 식혀 내리려면
물과 얼음이 몸을 지탱해 주는
유일한 생명수다

온몸은 비 맞은 생쥐인 듯 젖고
하마처럼 물만 먹는다

땀으로 흠뻑 적신 것이
어디 몸뿐이겠는가
힘겹게 버티고 삶을 지탱하는
마음도 적셔 내린다

공사장에는 선풍기,에어컨은
그림 속 떡일 뿐이다
볼펜 굴리며 사는 사람들에겐
딴 세상 이야기

일 마치고 시원한 에어컨 밑에서
맥주 한 잔 마시는 기분은
노동을 보상받는 작은 행복

가슴속 그대

먼 그리움 한 자락
가슴 밖으로 꺼내어
그대를 불려 봅니다

보고파 그리워
가슴 출렁거릴 때마다
꽃 한 송이가 활짝 피어납니다

안갯속에 희미한 얼굴
그리울 때 가슴에
지그시 돌 하나 올려놓은 듯
무게로 다가옵니다

외롭거나 쓸쓸한 날들에는
차마 보고 싶다 말 못 하고
속으로 삼킨 언어들이
향기로 전해옵니다

향기 따라
가슴 깊숙한 언저리에 심어 놓은
꽃 한 송이 피어나면
그리운 마음 달래 보렵니다

함께하는 인생

불타는 그리움이 아닐지라도
가끔은 안부를 묻고
어떻게 사는지
은근히 마음 나눠주는 사람

언제나 변함없는 모습으로
함께 삶을 공유하고 내면에서
마음의 손을 잡아주는 사람

삶을 등댓불처럼 밝혀주며
먼 인생길 서로가 서로에게
의지하고픈 사람

살아온 날의 행복 더하기
살아갈 날의 행복을 소망하는
가슴 뜨거운 사람

가끔은 섭섭하고 볼품없는 매력에도
또 다른 벗을 사귈 가슴이 아니라서
너 아니면 안 될 사람
우린 명품 친구

밴댕이 소갈딱지

시린 가슴 삭풍을 삼키듯
섭섭함에 밉살스러운 외면

마음이 왜 이럴까
조금 서운함에도 마음 상하고
가슴에 꽁한 뿔 하나 생기니

그냥 둥글게 둥글게 손해 보는 듯
살면 될 것을
살다 머무는 곳이 인생의 종착역인데

뭐가 그리 섭섭한 가슴이
많다고 꼭 이기려고 하는가
나이 먹을수록 더 넓은
가슴을 품어가지, 밴댕이 소갈딱지

삶이 실핏줄 타고 머리의 생각이
가슴에 내릴 때도 쿨하게 살자
품을 수 있는 만큼

부질없는 아집을 내려놓으면
어느 순간 세상이 아름답고
마음 또한 가볍고 편해질 것을

태풍 따라 마음도

밤새도록 빗소리에 나무들도
잠 못 들고, 수많은 아픈 사연도
비처럼 질퍽한 상처로 남고

걱정스러운 마음 설익은 생각들
온갖 상념들 성깔 있는 빗소리에
내면 깊숙한 영혼을 깨우고

걱정은 뒤척여 더 커져버리고
비바람에 방향 잃은 나침판 되어
밤새워 빗물 따라 춤추고

아침이 열리자 더 강한 비바람은
태풍이라는 값을 하려는 듯
더 거세게 성난 얼굴이다

서서히 다시금 맑아진 하늘
구름 사이로 햇살 열리니
안도하는 마음 미소 한 점 머문다

〈평론〉

석병오 시인의 첫 시집은 현대사회의 복잡한 단면과 개인의 서정을 절묘하게 조화시킨 작품으로, 깊이 있는 통찰력과 독창적인 시각이 돋보입니다. 이 평론에서는 시집의 주제적, 형식적 특징과 시적 성취를 자세히 살펴보겠습니다.

주제적 특징

사회비판적 시선
석병오 시인은 "봄이 오는 그날"과 같은 작품에서 현대사회의 현실을 날카롭게 포착하면서도, 그 속에서 희망을 잃지 않는 균형 잡힌 시각을 보여줍니다. 이러한 시선은 독자에게 사회적 문제에 대한 깊은 성찰을 요구하며, 동시에 긍정적인 변화를 꿈꾸게 합니다.

자연과 인간의 조화
"5월 풍경"과 "황사 비" 등에서 자연현상을 통해 인간의 삶을 은유적으로 표현하는 기법이 뛰어납니다. 자연은 단순한 배경이 아니라, 인간의 감정과 경험을 전달하는 중요한 매개체로 작용합니다. 이러한 은유는 독자에게 깊은 공감

을 이끌어내며, 자연과 인간의 관계를 재조명하게 합니다.

서정적 깊이

"그리운 그 이름"과 같은 작품에서는 일상의 소소한 감정을 섬세하게 포착하여 깊이 있게 표현합니다. 시인은 일상 속에서 느끼는 그리움과 사랑, 고독을 통해 보편적인 정서를 전달하며, 독자와의 정서적 연결을 강화합니다.

형식적 특징

운율의 절제미

석병오 시인은 과도한 수식을 배제하고 간결한 언어로 깊이 있는 의미를 전달합니다. 이러한 절제된 표현은 독자가 시의 본질에 더 집중할 수 있게 하며, 각 단어의 무게감을 더욱 부각시킵니다.

이미지의 선명성

"향기로운 연꽃"에서처럼 선명한 이미지를 통해 독자의 공감을 이끌어냅니다. 시인은 구체적인 이미지와 감각적인 언어를 사용하여 독자가 시의 세계에 몰입하게 합니다. 이러한 이미지는 독자의 마음속에 강렬한 인상을 남기며, 시의 주제를 더욱 효과적으로 전달합니다.

구조의 완성도

시의 시작과 끝을 유기적으로 연결하는 구성력이 돋보입니다. 각 시는 독립적인 작품이면서도, 전체 시집의 흐름 속에서 서로 연결되어 있습니다. 이러한 구조는 독자가 시를 읽는 동안 자연스럽게 감정의 여정을 경험하게 합니다.

시적 성취

현실 인식의 깊이

석병오 시인은 사회현상을 개인의 서정으로 승화시키는 능력이 탁월합니다. 그의 시는 단순한 감정 표현을 넘어, 사회적 맥락 속에서 인간 존재의 의미를 탐구합니다.

은유의 참신성

"낚시"와 같은 작품에서 보이는 독창적 은유는 시인만의 독특한 시각을 보여줍니다. 이러한 은유는 독자가 시를 읽는 동안 새로운 시각을 제공하며, 깊은 사유를 유도합니다.

정서적 깊이

개인의 경험을 보편적 정서로 승화시키는 능력이 뛰어납니다. 석병오 시인은 자신의 내면을 솔직하게 드러내며, 독자가 공감할 수 있는 감정을 전달합니다. 이러한 정서적 깊이는 독자가 시를 통해 자신의 경험을 되새기게 합니다.

발전 가능성

석병오 시인의 독특한 언어와 이미지를 더욱 발전시켜 나
간다면, 현대시단에서 주목받는 시인으로 성장할 것으로
기대됩니다. 특히 사회적 현실과 개인의 서정을 조화롭게
다루는 능력은 앞으로의 작품 활동에서 더욱 빛을 발할
것입니다. 시인은 계속해서 새로운 주제와 형식을 탐구하
며, 독자에게 깊은 감동을 선사할 것으로 보입니다.

종합적으로 볼 때, 석병오 시인의 첫 시집은 현대사회의
단면을 섬세하게 포착하면서도, 희망의 메시지를 잃지 않
는 균형 잡힌 시집이라 평가할 수 있습니다. 그의 작품은
독자에게 깊은 감동과 사유를 제공하며, 현대시의 새로운
가능성을 열어가는 중요한 역할을 할 것입니다.

[시인.문학평론가] **김강수.**

그리움 스치는 풍경

초판 발행 2025년 2월 10일
지은이 석병오
펴낸이 김복환
펴낸곳 도서출판 지식나무
등록번호 제301-2014-078호
주소 서울시 중구 수표로12길 24
전화 02-2264-2305(010-6732-6006)
팩스 02-2267-2833
이메일 booksesang@hanmail.net

ISBN 979-11-87170-88-4
값 10,000원